わたがしに触れたように

小林世以子
Tomoko Kobayashi

幻冬舎MC

優しさ・欲望

いつも思うこと　10
判断力　11
ふわふわ　12
約束　14
思い込み　15
手のひら　16

雨・涙

天気雨　18
雨降り　19
雨粒のキャンディ　20
雨の日曜日　21
便乗　22
CRY　23
Tears of Pearl　24
宝箱　25
積み木　26
加齢　28

貴方・君

輪　32
想い　33
心ばかり　34

運命　35
私がこの世を発つときは　36
風の中を　37
お見送り　38
ワイン　39
パスワード　40
信じること　42
あなた　43
わたがしに触れたように　44
フレンチキス　46

願い・期待

お願い　48
忘れ物　49
誰　50
これ以上　52
これ以上　パート2　53
言葉にして　54
期待　55
アガパンサス　56
my final wish　57
違うこと　58
日付変更　59
ごはん粒　60

自分

10年後の私に　62
Living　64
You had it coming　65
ジーザス　66
引き換え　67
Something　68
答え　69
甘えん坊　70
当たり前。　71
幾つになっても　72
言葉　74
視点　75
囁き　76

心の内

鼓動　78
くたびれ　79
I am home　80
指　81
羽　82
パーセンテージ　83
キャラクター　84
夜明け　85
大地　86
三つ編み　87

迷い・心配・驚き

本当のこと　90
貴方の森で　91
声　92
慰め　93
赤ん坊　94
おせっかい　95
醜い　96

愛・恋・憎しみ

リボン結び　98
更年期　99
a crime　100
貴方への涙　101
画家になったら　102
沈黙のスキャット　104
女々しく　105
love　106
秋色　107
波紋　108

つぶやき

癖　112
ベランダ　113

抜け落ちた髪　114
椿　115
潮風の中で　116
THE CELL　117
行動　118
ソラマメ　119
リアル　120
許し　121
勿忘草　122
嗜好　123

感謝・自由

花束　126
針金　128
ありがとう　130
二人　131
感謝を込めて　132
おかえり　133
扉　134

優しさ・欲望

いつも思うこと

いつも思う
私はなんて冷たい人間なんだろうって。
余計なとこで優しさを使って
肝心なとこで優しさを使えない。

いつも思う
私はなんてケチなんだろうって。
ほんの一粒の大事なものを
分けてあげられないんだから。

いつも思う
私はなんで此処にいるんだろうって。

いつも思う
私はなんで私として
生きていけないんだろうって。

判断力

親の優しさを

若さと自分の判断で

気に入らない方へと気に入らない方へと

ずっと考えて　考えて。

わかってるくせに

強がりと自己の意地の為に

反対へ　反対へと逃げた。

最期に勝つのは親の優しさで

その正しさも

親の優しさだった。

ふわふわ

ゆるい袖口はふわふわで
どんな風でも受け入れる
でも飛ばされないよ
感覚は残すくせに。

これでいいのかなって
私
たまに思ったりするの。
ねえ
もうダメなのかもしれない
私。
でも
助けてなんて言わない
だって自分で見つけて
過ごしてきた道だから。

みんなに優しくありたい
みんなに幸せでいてほしい

そう思ったりしているのに
ふわふわ　ふわふわ。
飛ばされずに
まだ
浮いたままなの。

約　束

君の呼吸を覚えている。
優しく　温かく
ゆっくりと肺を動かし
体を膨らませていたね。

君に会えて良かった。
ねえ
君に会えて本当に良かったよ。

思い込み

自分にない幸せを
誰かが持っていると
その人のことを
幸せだと思う
その人がそれで悩んでいるとは
知ることもなく

手のひら

彼の手のひらはすべすべしてるの
もう一人の彼の手のひらは
湿っていて大人びているの

どちらも心地よくて
繋いでいると
どこへでも行けて　遠くまで
どこまでも逃げて　遠くまで

私はちっとも苦しくなんかない
少し戸惑ったりしながら

彼の手のひらは
つるつるしてるの

もう一人の彼の手のひらは
離れられないくらい
ピッタリしてるの

雨・涙

天気雨

貴方は天気雨
黒いカーテンの隙間から
透き通った明るい光と緑
そしてきらきらの雨

ああそうだ
貴方は私の天気雨だ
そう思った月曜日の午後

例えようのないこの
貴方への気持ち
今　はっきり分かった

貴方は私の天気雨
光と潤いを同時にくれる
そう
貴方は私の天気雨

雨降り

月曜日と雨が重なると
どうしようもなく。
まるで入り口のない
遊園地みたいに。
すべてをきれいに洗って。
すべてをごちゃごちゃに流して。
でもぽつぽつの雨。
そんなことはできません。

雨粒のキャンディ

雨が一粒落ちる毎に
あなたとのすべてが
消えればいいのに。
少しずつ　少しずつ
この記憶が薄れて消えていくように。

雨よ降って
もっと降ってよ
貴方へ返して　この記憶。
この記憶すべて
もういらない　もういらない

もういらないのよ。

雨の日曜日

今朝
初めて
貴方を恋しいと思った。
夢の中ですら
笑顔を作るのが難しかった。
貴方が微笑み返してくれた時
本当に嬉しかった。

帰りたい　夢の中に。
だってもう
此処に貴方はいないから。

便　乗

苦い涙を飲み込んで
甘い唾液を吐きだした
蟻がそれを求めて　ゾロゾロと
分けてあげたくもないから
全部踏み潰した
一匹残らず　踏み殺した
私に便乗して　楽するなんて
許さない　許さない
だから消した
私はもう　損をしたくないから

CRY

淋しかったの　泣きたかったの
訳も意味もなかったけど。
嫌だったの　逃げたかったの
どうしようもなかったけど。
分からなかったの　さけびたかったの
一人でいたけど
あなたもいたけど
どこまでいっても
一人だったから。

Tears of Pearl

真珠の涙を
貝殻に詰め込んで
貴方に届けます。
嵐の夜も
太陽の注ぐ昼も
霧がかった朝もやの中も
貴方に届けたくて。
必死に流れていくように
祈りながら涙を流しました。

宝　箱

僕は疲れた
いつか死んだら
僕の体は腐って
土に還って　あなたの元へ。
金魚になったら
金魚の涙で泳ぐ。
行かないで
僕は此処にいるのに。
疲れたら休む
自然なことだろう？
どうして前に進むことが
大事なの？

積み木

手が届かないところにあるものを
この手でつかむには
一つ一つ踏み台を増やさなきゃいけない
それが努力。
手が届かないところにある夢は
一つ一つ乗り越えて
踏み台を増やせば
必ず手に入る。

人生は積み木だ。
少しでも油断すると
すぐ崩れるし
何もしないと
何も変わらない。

この世界は

みんなの積み木で出来ている。

疲れたら休んだりしながら

悔しかったら泣いたりもしながら

みんな自分の積み木を

一生懸命

積んでいるんだ。

加　齢

毎年
自由になる。
でもその分
出来なくなることも　増えていく。
怖いよ。

毎年
物知りになる。
でもその分
自分の考えを曲げられなくなるよ。
怖いよ。

柔軟さが欲しいよ。
涙はもう見せたくないよ。
どうして私は
こんなに怯えてしまうのだろうか。

どうして私は
私を許せなくなるの？

貴方・君

輪

あなたの好きな人を一人守りたいなら
あなたの嫌いな人も一人守るといい。
それはきっと輪になって広がり
あなたを守ってくれる人が現れるから。

想　い

影がなかったら
光の居場所はわからなくて
光がなかったら
影の存在は消えてしまって
例えば貴方が隠れてしまったら
私はただ迷子になるだけで
そのまま突き進んで
崖の深い溝にはまってしまって
ただそれだけのことだけど
貴方にはやっぱり
私の目印に
なって欲しいの

心ばかり

久々に会った貴方の指が
昔と変わらず綺麗で良かった
相変わらず長い指
貴方の心を映しているようで
私は勝手ながら安心して

驚いた貴方の瞳はやっぱり茶色
昔と変わらず私を見つめてくれる
貴方の優しさは私が一番わかるよ

大好きなまま離れてしまった人
私のわがままで離れてしまった人
心を置き忘れてきてしまったよ
もう取りには行けない場所に

運　命

貴方と会った時
ドキッとしました。
貴方と離れる時も同じ位
ドキッとしました。

私がこの世を発つ時は

私がこの世を発つ時は
いつものベッドにいてほしい。
私がこの世を発つ時は
可愛いパジャマでいてほしい。
私がこの世を発つ時は
体の傷も心の傷も
消えていてほしい。
私がこの世を発つ時は
せめて貴方に泣いてほしい。

風の中を

風の中を歩く
何か見つかればいいけど。
風の中を歩く
貴方の名前を口ずさみながら。

ただ　会いたいな
ただ　声が聞きたいな
ただ　側にいたいな

風の中を歩く
そう
私はただ
風の中を歩く
貴方の名前を口ずさみながら。

お見送り

そうね。
前世では貴方が
こんな納得いかない見送り方で
私にさよならしたのでしょうね。
だからこんな
さよならなのね。

ワイン

湯船に沈んだ私に
フランスワインを持ってきてくれた。
私は焼酎が好きだから
ワインは飲めないよ。
そういった私に貴方は
深紅のワインを
その薄い唇に乗せて
火照った私に
届けてくれました。

パスワード

回る毎日
嫌気がさしたら
ここの鍵を　こじ開けておいで。
パスワードは
君の嫌いな言葉。
変わらない毎日
吐き気すら覚えたら
ここの鍵を　こじ開けておいで。
パスワードは
君の嫌いな言葉。
だから実は
誰でも入れるんだよ。
だからごめんね
嫌いな言葉が分からないなら
ここには入れないんだ。

だってパスワードは
君の嫌いな言葉だから。

信じること

みんな
信じることが大の苦手。
あちらこちら　疑ってばかり。
もしこの世にカルマがあるとしたのなら
何か一つ信じればいい。
何でもいいし、誰でもいい。
隣のポチでもいいし、
さっき通り過ぎた赤の他人でもいいし。
手っ取り早いのは自分自身だけど
一番難しいよね。
私もあなたも
信じることが出来ないから
何か色々と
不都合が生じているのかもしれないし。
だから　そうね
まずは隣にいる
あなたを信じてみようかな。

あなた

もう許さなくていいよ。
許さないで。

あなたはいつも正しい。
そして
とても優しい。

もう許さないで。
あの人はいつも
あなたを見くびっている。

わたがしに触れたように

わたがしに触れたように。
貴方を見つけたとき
目が離せなかった。
貴方への熱で溶けた私の視線は
ベタベタと貴方にまとわりついて。

それは、わたがしに触れたように。
貴方の声を聞いたとき
私の耳の中は
ベタベタと貴方の声だけを
集めていた。

まるで、わたがしに触れたように。
私の呼吸は貴方を包んでゆく
ベタベタと気付かれないうちに
すっぽりと繭のように。

もう離さない。
だって私の心はベタベタだもの。
そう　わたがしに触れたように。
二人の体温で
貴方の心もベタベタになって
もう私達　　どこへも行けないのよ。

フレンチキス

大好きだった頃は
一度も夢に出てこなかったくせに
昨夜は貴方が
夢に出てきました。
そして顔を近づけて
貴方は軽くキスをしましたね。

一瞬の出来事でしたが
とても温かったです。

願い・期待

お願い

毎回　同じことを
口ずさんでいるんだけど
何か変わったことは
何一つなかった気がする。
其処から眺める景色に
私たちは映っているのでしょうか？
あの時の約束はただの、おとぎばなしかな。
信じて名前を記入しているの
意地悪しないでね
信じて名前を
記入しているのよ。

忘れ物

ゆりかごの中には
可愛さとか　希望とか
期待とか　微笑みとか
色んなものが詰まっていたのに
私はいつのまにか
何処かに置き忘れてきたようだ

誰

家族でもないのに
友達でもないのに
いちいちうるさい人がいる。

自分のことは
自分が一番分かっている。
分かっているから
一番うまく動けないんだよ。

いつまでいつまで
うるさいの　あなたは。
どれだけ暇なの、あなたは。
あなたの人生は完璧なの？
あなたの大切な人たちは完璧なの？

私には私の人生があるの。
私がどれだけ後悔しようとも
死ぬほど後悔しようとも
私には私の人生があるの。

だから
完璧に他人のあなたは
ただそこにいて
こっちに入って来ないでちょうだい。
お願いだから
こっちに入って来ないでちょうだい。
とっても図々しいから。

これ以上

思い出が輝きすぎて
ふとしたことで悲しくなって

貴方を忘れる日なんて
もう来ないような気がして

いつも奇跡を願いながら
街を闊歩しているのに
もう四年も経ってしまった

思い出が素晴らしすぎて
ふとしたことで苦しくなって

貴方と会える日なんて
もう永遠に
来ないような気がしてきたの

これ以上　パート2

思い出に頼りすぎてた
もう此処には
あの日の私の心だけ
もう
私の骨と細胞は
すべて
生まれ変わった

言葉にして

何が得意とか好きだとか
分からなかった。
今も
自分が何を好きなのか
自分が何をしたいのか
全然分からない。

だから
もしあなたの周りの誰かに
何か素晴らしさを見つけたら
どうぞ言葉にして
伝えてあげてください。

その一言できっと
探し物が見つかると思うので。

期　待

自分の期待を
誰かに委ねると
お互い傷つくことになるから
あなたの期待はあなた自身で消化して。
あなた自身が消化できない期待は
決して言葉にしないように。

アガパンサス

強くなりたかった
もう何も怖くないように。
泣きたくもなかった
来年の分まで使い果たしそうで。
何も感じたくなかった
また振り出しに戻ってしまうから。
ただ　器用になりたかった
すべての感情をコントロールできるくらい。
ただ　馬鹿になりたかった
もう本当の私を隠さないでいいくらいに。

my final wish

貴方と一緒に眠ったとしたら
私はもう
目覚めなくていいよ

違うこと

環境も事情も
みんなそれぞれ違うから
何でもかんでも
分かり合えるわけじゃない。
だけど
「分かり合いたい」という意志があれば
1センチぐらいは
近づけるのかもしれない。

日付変更

初めて終電に乗って
新しい気持ちでいっぱいだった。
とことん飲んで倒れそうでも
必死になって家に帰る人達。
少し可哀想だった。
何も考えずに
酔い潰れながら
夜の尊さと
朝の愚かさを
学んでしまえたら
いいのに。

ごはん粒

寒い冬の朝
私はいつも炊飯器の中を想像していた。
とっても寒くて　お布団から出たくなくて
そしてとても眠いから。
炊飯器の中のごはん粒はいいな
ほかほかの湯気の中で
みんな仲良くぎゅうぎゅうで。
ずっと眠っていても誰にも咎められないし。
ずっとずっと眠っていて
ふと気づいたらお茶碗の中で
食べられてしまう運命だったとしても。
今の人間社会でも大して違いはないんだし
一度でいいから真冬の炊飯器。
中のごはん粒の一粒になりたい。
そしてそのまま貴方の脳へ
運ばれていきたい。

自分

10年後の私に

きっと同じことをほざいて
何も変わってないのだろう。

でも少しでも
何かを変えたいと思う気持ちがあるのなら
小さなことでいい。

変化は何も怖くない。
変化しないほうが怖いのだと。

だから
命があればラッキーだ、と
思える自分がいれば
自分を信じて　ただ生きればいい。

自分の行きたい方向をただ向けばいい。

そしてまた
10年後の自分に託せばいい。
それでいい。

Living

生きていくこと
悲しんで、傷ついて、泣いて。
笑って、苦しんで、夢見て。
生きていくこと、学んでいくこと。
楽しんで、つらくて、叫んで。
震えて、怯えて、夢見て。
色んな道で、色んな人と。
色んな事で、色んな思い。
つらい、つらい。
でも
今を生きている自分がいることは
頑張ってきた　という証拠。
そして
頑張っていない人は、いない
という証拠。

You had it coming

自分の羽を
自分で壊す
飛べない自業自得

ジーザス

あなたは誰かに心底追いやられて
その人を許してあげられた？
まだ許せてなくて　苦しく呼吸しながら
時がたつのを　待ち侘びることを
覚えているのなら
その人を許してあげましょう
何もなかったように呼吸をしましょう
その人は何一つ辛くなんかない
自分だけが苦しいだけ。
そう
自分だけが損を招くだけだと
私は思うから。
キリストさまじゃないけど　マリアさまにもなれないけど
自分を癒やすのは自分にしか出来ないから。
自分を助け出してあげましょう。
そんなところで頑張らなくていいよ
簡単なことじゃないけれど。

引き換え

過去の自分と今の自分が交差する。
過去の自分を捨てきれなかった私は
もうこれ以上
新しい自分を吸収することも出来なくなって
どこもかしこも満杯で
空き部屋がないの。
どちらかを捨てなくちゃ
これからの私を動かせなくなる。
あの時の自分を
無駄なものにしたくないのに。

Something

見たくないもの
考えたくないもの
沢山の『ないもの』だらけになった、
自分を好きになった私がいる。
何かの『せい』にしてる私と同じ人たちは、
たぶん『みんな』というもの。
ないものを探し求める私と
それを食べる自分。
でも決してそれは消化されない。
過食症になって太って育つんだ。
いつになっても満腹にはならないんだし。

答　え

自分がどれだけやったのか

なんて

正直どうでもいいことだと思う。

ここにいる私が答え。

それ以外の何が

答えになるのでしょうか。

甘えん坊

強がることを癖みたいに
ただ生きてきただけなのに
自分を守って生きてきただけなのに
普通に『あの子は生意気』と
ただ一言で済まされる
それだけのような　この私

当たり前。

自分勝手な人は

必ず、

大事なものを

自分の手で

いつか失う。

幾つになっても

幾つになっても悩みは絶えない。
大人になっていく度に
解決していく度に
新しい悩みは絶えない。
それは欲望が増えていくから
それは成長しているから
それは
自分が前に進んでいるから。

幾つになっても悩みは絶えない。
大人になっていく度に
解決していく度に
弱くなっている気がする。
それは昔と比べるから
それはあなたが忘れただけ
それは自分が前に進んでいるから。

誰もがみんな
歳をとる毎に　臆病になる。
強気な振りでいるだけで
本当は震えている。
誰もがみんな
自分の道が正しいと言われたい。

でも
誰の言葉を信じていいのか分からない。
自分を信じることも難しい。
でも　気づかれないように
誰もが自分を信じて生きている。

言　葉

無意味な約束をわかるくらい
私は大人になりました
これがこの世の中で
これが普通で切なくて
起こり得るはずもない口約束
それを当たり前に
貴方もその唇から零すの
私は少し間抜けに頷くのよ
少し悲しくなりながら

視　点

自分の視点で生きていこうと
心に決めた日に限って
ものすごく批判的な言葉を
言われることがあります。
でもそれは生きていく上で
仕方のないことだから
気にしなくて、いいのです。

囁　き

いつもいつも　邪魔する囁き
何回も何回も　私につぶやく。
諭す時間があるのなら
自分のことを心配して。
何回も何回も　巡り巡って
メリーゴーランドにもなれないこの思いは
朝から晩までくるくるくるくる
くるくるくるくる回り続けて
やがて
あまじょっぱい
ざらざらの
バターになるの。

心の内

鼓　動

雲を貫くあの光さえ
心の中は貫くことが出来ず
いつまでも　いつまでも
この心は
光を知ることなく
息づいていくのだろうか

くたびれ

いけすの魚は一匹でした
意味もわからずただ泳ぐ
意味もわからずただ過ごす
そんな魚みたいに
何か起きるまで待ちぼうけ
網ですくわれたら気付く
私はただの
まな板の鯛

I am home

おうちに帰ろ
貴方に会えないこんな夜は。

切ない苦しい寂しい心
このまま抱きかかえさせて。

泣いたりなんてもうしないけど
やっぱり少しこぼれ落ちるかも。

誰かに甘えてしまえば
とにかく助かるかもしれないのに
私はとにかく貴方がいいよ。

おうちに帰ろ

貴方に会えないこんな夜は。
おうちに帰ろ
貴方が誰かの側にいる夜は。

指

貴方の指に
少し触れた時。
貴方も感じたかな
このどうしようもない感覚を。
これ以上何もなくて
これ以下も何もない。
どれだけ指が触れ合おうとも
変わるものは
何一つとしてないことを。

羽

私には羽があったわ。

その感触が背中に残っているの。

でも羽ばたけないの。

動かそうとしているのに

いつも空回りばかりで。

パーセンテージ

「明日の降水確率は90%です」
確率が高ければ高いほど
強い雨が降ると思っていた。
今でもそんな気持ちはするが
軟らかい小粒の雨が少し
このアスファルトを濡らしても
確率は100%なんだから
貴方を好きだという
このありきたりな一粒も
この心に降ったから
貴方がどんなに疑っても
100%の好きとかわらない。

キャラクター

私のキャラクターを
間違えている人がたくさんいます。
本当はそんな人じゃないのに。
演じる方も疲れます。
疲れます。
しかも無料で演じるなんて。

次回から有料にしますよ。
いい加減にしないと。

夜明け

砂浜に座って
夜明けを迎えました。
なんてことない話をしながら
なんてことないことで笑いながら。
ただずっと
砂浜に座って海を眺めていました。

太陽の光がこの目を刺した
その一瞬に
私はその瞬間に
確信したんだ。
貴方のことが本当に
ただ単純に
大好きなんだと。

大　地

駆け出したその足は
広々とした大地を
鳥のように駆け巡り
大地と　そしてすべてを
踏みしめていた。
柔らかい草の上も
ごつごつした小さい石も
すべてを包んで　永遠に
傷つくことさえも知りながら
鳥のように駆け巡り
そして今も走り続けている
傷つくことを知りながらね。

三つ編み

合唱部では
運動場を見ながら発声練習した。
遠くに見える野球部の
大好きなあの人を眺めながら。
楽譜を糊付けするときも
同じフレーズを
口ずさみながら。
朝焼けも夕焼けも
同じ色に見えていた。
夢を見ていたあの日も
ただ　大人びていたかっただけ。
今も歌い続けている
この声は枯れない。
この声は涸れない。
だから
私は今も
歌い続けている。

迷い・心配・驚き

本当のこと

解決策さえ知らないのに
私はまた一人　誰もいらない
たやすく繋げている一言でも
私はこんなに傷つくんだよ。
教えたことがないのだから
また　私が悪者になるのかな
そんな季節も乗り越えてきたけど。

貴方の森で

バスケットには葡萄酒とパン。
私の気持ちはジャムにした。
私の涙はバターにした。
迷いなくひたすら
とことこ歩く。
私の気持ちを伝えたい。

たまにウサギが道を尋ねる
だから
たまに私は足を止めなきゃ。
早く貴方に会いたいのに
このまま　会えなくなったらどうしよう？

たまにキツネが道を尋ねる
だから
たまに私はよそ見をする。
早く貴方に会いたいのに
このまま　貴方を忘れたらどうしよう？

声

貴方の声が好きと
軽くさらっと伝えたけど
本当は全部が好きでした。

貴方の声を思い出せるくらい
覚えることが出来たのは
会える時間が増えたから。

貴方にとって
どうでもいいようなこの時間が
私の生きがいになりました。

そしてその生きがいを見失い
私はまた
迷子になりました。

慰　め

慰めの曲は聞き飽きた
今度は誰に慰めてもらおう。

言い訳を考えるのも
楽じゃない。

ただ　まっすぐに歩けない。
夢の中で走るように
まとわりつく感じが取れなくて
どれだけ真面目に考えていたって
たいして前に進んでいないんだ。

赤ん坊

何もわかっちゃいないのに
偉そうに話をしたがる
何もわかっちゃいないのに
人生を語りたがる
みんな全然
己の道もあやふやなまんまで。
大人だからって
何ができてる？
つまらない意志をこの世に
張り巡らせるまえに
自分の目の前に落ちている
ゴミを拾いなさい

おせっかい

結婚式の招待状
ずっと年上の女性からの返信ハガキに
「子供を産んで初めて一人前になります。」
と書かれていた。
こちらとしては
出席なのか欠席なのかを
知りたかっただけですが。
よく分からないけど
どうしても言いたかったのかもしれない。
ただ
結構人生を頑張っていた
当時の私には少し
衝撃的でした。

醜　い

醜いって言葉は
容姿や外見について使うのではなく
心に使うのが一番ぴったりだと思った。
思いがけないことを
耳にした日
私はそう思いました。

愛・恋・憎しみ

リボン結び

リボン結びにした愛を
貴方の為に花瓶に詰め込んだ
いつまでも　いつまでも
貴方の為にあるように
でもリボン結びは
とても解けやすいから
きっと　すぐに解けてしまう
貴方のために結んだのに

更年期

急にふっと
顔が熱くなる。
急にふっと
手が熱くなる。
なんで急に赤くなるのだろう
なんで急に汗が出るのだろう
ああ　分かった
きっと貴方のせいね
だって私こんなに
貴方に恋してるから。

a crime

時々　貴方を思う時
何もこだわらずに
まっすぐ愛せるだけ
だったらいいのに。
そんな風に思う。
貴方を愛することに
何の罪もなくて
許されるように
愛してしまいたい。
この手はいつも
戸惑い続ける。
貴方も早く
罪より先に
私を
愛してくれたらいいのに

貴方への涙

もう心を絞っても
あなたの為の
涙など出ない。
さようなら　さようなら
愛しかった貴方。
愛することで学んだわ
無駄な時間もあるものだと。

画家になったら

十色のクレヨンじゃ
この愛を彩ることは出来ない。
たとえ十二色に増えたとしても
この愛はそんなに
単純じゃないけど。

赤が私で貴方が青で
私はいつも燃えていて
貴方はいつも冷めている。

そう
茶色でちゃんと土台を描いて
緑で酸素を創り出して
オレンジでちゃんと太陽を描くわ。

白い画用紙にこの愛を
惜しみなく使って
たとえ二人がもめたとしても
私は黄緑でリンゴを描きます。

そう
ピンクでちゃんとお花を描いて
黄色で蝶々を息づけて
紫でちゃんと夜を描くわ。

そう
ホワイトでちゃんと雲を描いて
水色で月を創り出して
金色で二人を彩るわ。

沈黙のスキャット

あなたが伝えたい事は
憎んでいる事ですか？
あなたが伝えたい事は
許している事ですか？
些細な言葉も、凶器になります。
湧いて出た言葉では、火傷を起こします。
私はあなたに
愛していると伝えたい。
それ以外は意味がないので
私はまた沈黙の中。
あなたの想いを願いながら
あなたへの想いに溺れながら
まだ
沈黙の中。

女々しく

輝く太陽が憎らしくて
降り続く雨が憎らしくて
ぐずつく曇りも憎らしくて
何もいらない
関わらなくていい
涙だけ側に居て
クスクス泣くだけ
何が起きても
クスクス泣くだけ

love

プールの中は好き
私はすごく軽くなって
貴方にお姫様抱っこを
してもらえるから。
プールの中が好き
貴方はいつも以上に
私を抱きしめてくれるから。
ずっと水の中に浸っていたいね
ずっとお姫様でいられるから。
指がシワシワになってきても
その限界までいたいと思うのに
あの男はいつも邪魔するのよ
「はい、プールから上がって下さい。点検です」

秋　色

街の空気も変わりゆき
夏がどんどん遠ざかる
夢を見ていたよ。
あの夏の日は
偶然？　いや必然的だった。
戸惑う君の手を握り
僕は感じたんだ
間違いじゃないと。
僕らは恋に落ちていた
誰にも負けない淡い恋
はじけそうだった君の涙
誰にも負けないはずだった二人は
夏の幻に隠れた。

波　紋

誰にも分からない苦しみを
人に伝える勇気があれば
私はここで
泣いていないのかもしれない。
でも
誰にも分からない苦しみを
人に伝えることで
その人を
苦しませてしまうかもしれない。

みんな何かに泣かされて
みんな何かを傷つけてる

繰り返して
輪を広げる

優しさの輪にしようか？
憎しみの輪にしようか？

それはいつも
私たち次第。
世界を作るのは
私たちの心。

生きていくのは
とても辛いことなのかもしれない。

幾つになっても
大人になっても
花嫁さんになっても
涙は絶えないのかもしれないね。

つぶやき

癖

少ない時の中で
数える程の思いはなくて
躓いたと思ったら
何も此処には障害はなくて
ソレは気のせいだよ
ただ　ないものを創りだして
ソレに躓いているだけのこと

だから安心して
踏み出していいんだよ
此処はそんなに
悪くないはず

ベランダ

洗濯物をどけたら
広い空が広がった
つまんない傷と
つまんない癖と
呆れるほどの沢山の夢も
みんな包み込んでくれた
あの広い空
私のくだらない足跡
ちゃんと受け止めてくれて

抜け落ちた髪

髪の毛が纏わりつく
抜け落ちた髪のくせに
一本取っても
知らない間にくっついてる
あの日の恋心のように

椿

木枯らしの届くこの窓辺は
味付けも何もしていないから
とても物足りない。

椿のように潔く
ポトリと首から
落ちてしまえばいいのに。

真っ赤な執着心が旺盛な私は
いつも
ぶらんぶらんしてる。

椿のように潔く
ポトリと首から
落ちてしまえばいいのにね。

潮風の中で

もう一度と
君が言うのなら
あの日の傷さえ
忘れていい。

THE CELL

私の細胞の一つが
「こっちにビタミンCが足りないぞ」
と言う。
むこうの細胞が
「こっちはビタミンCとFeが足りないぞ」
と言う。
私は口からサプリメントを飲んで満足したら
今度は大脳からの伝言。
「こっちには酸素が足りないぞ」
だから私は呼吸する。
たくさん、たくさん。
吸って、吐いて。
吸って、吐いて。
吸って、吸って、吸って……
それから脳は
話さなくなりました。

行　動

飛ぶことを学んだなら
次は羽を広げましょう
飛ぶことだけを学んでも
飛べませんから

ソラマメ

丸く丸まっている
絨毯の上で
何も考えずに
ただ丸く　丸く
それはまるで　ソラマメみたいに
丸く　丸まっている
何かを待ちわびて
それはまるで　ソラマメみたいに
いつか芽を出すかのように
今日も丸まっている　私は
ソラマメになる日を待ちながら

リアル

泣きました　昨日の夜も
意味もなく　ただ
赤ん坊のように。
でもたくさん泣いても
何も変わりませんでした。
朝はちゃんと訪れたし
私はちゃんと生きていたし
私の目が腫れていて
ただ　それだけでした。

許　し

今日は
何か一つ
許してあげられたかな。

毎日
一つずつ
何かを許してあげてみて。

それはきっと
あなた自身が
望んでいるはずだから。

勿忘草

会えなくなったことに慣れてしまって
一つずつ　貴方の声と仕草を忘れる。
でもね
不意に思い出したこの頭の深いところに
いつも貴方がいる。

こんな思いはいつか消えてしまうとか
きっと起こったりしないね。

見上げた雲に乗って貴方の街へ
こんな私を運んでくれたらいいのに。
そんな戯言
まだ呟いてる。

嗜　好

会いたいって

贅沢なのかな。

感謝・自由

花　束

思いもよらなかった

貴方から花束をもらえるなんて。

沢山の人が行き交う

土曜日の夜の商店街。

花束を抱えた貴方を見つけました。

本当に嬉しかった。

「義理」という冠をつけた花束だと理解していても。

本当に嬉しかったの。

そのひとときは
今でもはっきり覚えている。
貴方が話してくれたこと、その時の貴方の笑顔。
きっとこれからも
私の中で繰り返されるでしょう。
あの夜、
花束を抱えたまま
私は眠りました。
ただ
抑えきれない涙も一緒に
眠りました。

針　金

貴方を虜にするような、
素敵な女性になれるように。
いつか貴方の彼女になれるように。
貴方の自慢の彼女になれるように。
貴方が
「私を好きになって良かった」
そう思ってもらえるように。

貴方に会えない一日一日が
大切でした。
勉強に励んだり
仕事に励んだり
髪を丁寧に洗ったり
爪を磨いたり。
貴方を思ったり。

そんなことをしていたら
ひと月後に会った貴方の左手の薬指に
針金みたいな銀色の輪っかが
はまっていました。
ねえ、
そんな目印つけなくても
私は手を出したりしませんよ。

空港まで迎えにきてくれて　ありがとう。
ドライブに連れて行ってくれて　ありがとう。
食事に連れて行ってくれて　ありがとう。
日付が変わるまで長電話してくれて　ありがとう。
結婚式について質問してくれて　ありがとう。
うまく何かを隠してくれていて　ありがとう。
私を選んでくれなくて　ありがとう。

ありがとう

たいちゃんは
おぼろ月夜に死にました。
つぶれた目で
真実だけを見つめながら。
見えていたものが
見えなくなっていく不安を。
見えていたものが
見えなくなっていく悲しみを。
心に隠しながら
たいちゃんは歩いて行きました。
微かに感じる光を頼りに
たいちゃんは歩いて行きました。
私たちに
生きる強さの大切さを教えてくれた後に。

二　人

今を生きる私と
未来に生きる貴方と
二人でいると
とても気持ちいいよ。
私は貴方に今の楽しみを
貴方は私に未来のキラメキを
教え合うことができるから。
ただ貴方が生き急いで
私を此処に置いて行かないように
しっかりこの手は
離さないでください。

感謝を込めて

まだまだしてあげたいこと
沢山ここに　残ってる
だから
勝手に消えてしまわないでね
これからも
こんな頼りない私だけど
元気でいてください
いつもありがとう

おかえり

後部座席から見つけた
小さな一円玉の情報は
平成元年。
長い旅をして
ここまで来たのね。
海外とかも行ったのかしら。
楽しかった？
悲しかった？
でも
もう　大丈夫だよ。
私がそばにいるからね。

扉

Knock, knock
すごく明るい太陽に向かって
Knock, knock
何も恐れていないんだし
早く連れてってよ
もう私は自由だよ
Knock, knock
この日のために頑張れたの
Knock, knock
自分勝手な約束だったけど
早く連れ出してよ
もう此処は嫌だよ
Knock, knock
Knock, knock

〈著者紹介〉
小林世以子（こばやし ともこ）

わたがしに触《ふ》れたように

2023年11月30日　第1刷発行

著　者　　小林世以子
発行人　　久保田貴幸

発行元　　株式会社 幻冬舎メディアコンサルティング
〒151-0051　東京都渋谷区千駄ヶ谷4-9-7
電話　03-5411-6440（編集）

発売元　　株式会社 幻冬舎
〒151-0051　東京都渋谷区千駄ヶ谷4-9-7
電話　03-5411-6222（営業）

印刷・製本　中央精版印刷株式会社
装　丁　　杉本萌恵

検印廃止

Printed in Japan
ISBN 978-4-344-94654-5 C0093
幻冬舎メディアコンサルティングＨＰ
https://www.gentosha-mc.com/